Giboulées d'Avril

FANTAISIE EN VERS

DE

MELANDRI

Illustrée

PAR

WILLETTE

Prix : 1 fr.

PARIS

Léon VANIER, Libraire-Éditeur
19, Quai Saint-Michel, 19

A. WILLETTE

Pauvre Pierrot, album 20 dessins...................... 10 fr.

Les Pierrots, fantaisie en vers, 13 dessins............ 1 fr.

❦

Tirage à part des Giboulées d'Avril *et des* Pierrots :

50 exemplaires numérotés sur yokohama, à .... 5 fr.

13   —   —   sur papier à chandelle, à.... 3 fr.

13   —   —   sur papier rose, à........... 3 fr.

❦

SIMPLE HISTOIRE

Soleil, troubleur des longs dodos,
Descends traverser ces rideaux.
Vois : Nini rêve sur le dos.

Lutinant les fleurs de la perse,
Sur son beau corps à la renverse,
Vite, répands ta blonde averse.

Bon. Ninette a rouvert les yeux,
Car j'entends ce refrain joyeux :
« Qu'il fait doux au bois de Bayeux... »

Et la chatte blanche s'étire
Avec un air qui semble dire :
« Mon cœur n'a pas ce qu'il désire. »

Pourléchant son ventre replet,
Elle pense à la boîte au lait
Que va monter le pipelet.

Allons, toute la maisonnée,
Chatte — et femme, sa sœur aînée,
Debout ! car l'aubade est sonnée.

Les moineaux chantent sur le toit
De leur petit bec plein d'émoi :
— « Pouvons-nous déjeuner sans toi ? »

ELLE s'est mise à la fenêtre
Par où se répand et pénètre
L'astre du jour qui vient de naître,

Et donne, en jouant avec eux,
Son pain aux petits partageux
Qui picorent dans ses cheveux.

Mais pendant que Nini babille,
Son réveil-matin l'émoustille,
Il est grand temps qu'elle s'habille !

De la poudre sur un pompon,
De la dentelle à son jupon,
Quelque nœud de ruban fripon,

Et voilà l'enfant si bien mise
Qu'elle frétille en sa chemise,
Savourant l'ivresse promise

D'aller gambader dans les bois
Pour mettre les bons villageois
Et leurs cerisiers aux abois.

A présent, pimpante, attifée,
De son joli chapeau coiffée,
On peut voir la mignonne fée

Trousser un peu ses blancs « dessous »,
— Péché charmant toujours absous, —
Et mettre un bouquet de deux sous

(Le frais bouquet de violettes
Ornement des humbles toilettes)
Dans ses rubans et ses bouffettes.

— « S'offrir le luxe d'un sapin ?
C'est trop cher. D'un pied galopin,
Partons, comme un petit rapin. »

En haut, il fait bleu. Mais la pluie
Que le soleil tardif essuie
Rend les pavés couleur de suie.

On se croirait à Birmingham.
Un balayeur, affreux quidam,
Peint des tableaux de macadam.

Sans une tache à ses bottines
Nini lorgne ses mousselines
Et se sourit dans les vitrines.

Tout est parfait du haut en bas.
Le diable lui souffle bien bas
De montrer l'éclat de ses bas.

Un vent, moins d'été que d'automne,
Précurseur de l'éclair qui tonne,
S'élève, murmure et chantonne,

Comme un plaintif accordéon,
Mais pour éviter l'ondée, on
A l'omnibus de l'Odéon !

PLET

Voici, tout fumants sous la brise,
Trois percherons à robe grise —
Et d'assaut la voiture est prise.

— « Psitt! Psitt! Arrétez, s'il vous plait? »
Le conducteur grincheux et laid
Dit d'un ton bourru : « C'est complet. »

Du véhicule qui décampe
Nini glisse, lâchant la rampe,
Sur les pavés à la détrempe!

Une neigeuse vision
De dentelle à profusion,
Puis, un cri de confusion,

Et la mignonnette s'étale
Suivant la ligne horizontale,
Tandis que son rêve détale

Emporté par monts et par vaux
Sur l'aile des fringants chevaux
Au-devant des bourgeons nouveaux.

Se relever, le rouge aux joues,
Patauger à travers les boues
Dans l'éclaboussement des roues,

Ce n'est pas tout encore. Il faut
Subir le concierge, et très haut
Monter…, ainsi qu'à l'échafaud,

Jusqu'au fameux cintième étage
But de ce douloureux voyage,
Où Nini fond en pleurs de rage.

Joli vaisseau si bien paré
Dont le guignon s'est emparé,
Te voilà tout désemparé !

Un à un tu cargues tes voiles,
Tes pavillons de blanches toiles,
Tissés de fins rayons d'étoiles.

Un à un tombent les rubans
Dont s'égayaient tes fiers haubans,
En proie aux destins, noirs forbans !

« Arrachons l'aimable défroque,
— Jusqu'au corset, piteuse coque,
Dure prison où l'on suffoque !

Maintenant que tout est fini,
Puisque l'on peut dire n-i-ni,
Mettons-nous à l'aise. » — Et Nini

Paraît, blanche, splendide et nue,
Comme une Hébé des cieux venue
Sur l'éclair fourchu de la nue.

— « Hélas! (pense-t-elle). IL m'attend.
S'IL allait m'en vouloir, pourtant? »
.   .   .   .
Et des couples s'en vont chantant!

Les poings sur ses yeux, accroupie,
Triste Magdeleine, elle expie
Son ivresse tôt déguerpie.

De soleil un rayon gourmand
Mord sa nuque·comme un amant.
Chaque larme est un diamant

Qui tremble au bord de sa paupière,
Tombe et s'éparpille en poussière,
Dans le réveil de la lumière.

Au fond du ciel mal éclairci
Le soleil reluit, jaune ainsi
Qu'une large fleur de souci.

Blottie en un recoin plein d'ombre,
Ninette voit d'un regard sombre
Grimacer des lutins sans nombre

Qui sautillent dans les rayons
Comme un grand vol de papillons
Mêlant leurs narquois tourbillons;

Tirant des langues non pareilles,
Parés de cerises vermeilles
A cheval sur leurs deux oreilles !

Oh ! combien les printemps moqueurs,
Malgré les renouveaux vainqueurs,
Nous réservent de crève-cœurs...

Pauvre Nini, les giboulées
Au creux du ciel amoncelées
Ne sont que des larmes gelées

FIN.

Paris. — Typographie Paul Schmidt 5, rue Perronet.